RÉFLEXIONS

SUR

LE DERNIER OUVRAGE

DE M. LE VICOMTE

DE CHATEAUBRIAND.

On trouve aussi aux mêmes endroits :

Précis Historique d'une des sections du Parlement de Bonaparte, *se disant Chambre des Représentans*, par ***. 2 fr. 50 c., et 3 fr. franc de port.

Réfutation de l'Exposé de la conduite de Carnot, par *Gautier* (du Var). 1 fr. 50 c., et 2 fr. franc de port.

Les trois premiers volumes des Annales historiques des sessions du Corps Législatif, traitant de celles de 1814, 1815 et 1816, par *** et *Gautier* (du Var). La collection complète se vend 15 fr., et 18 fr. franc de port.

Les volumes, pris séparément, se vendent 6 fr., et 7 fr. 50 c. franc de port.

On souscrit pour cet Ouvrage, rue de Grenelle-St-Germain, n° 64, à raison de 5 fr. le volume, et de 6 fr. franc de port.

La Vérité sur les sessions, années 1815 et 1816, deuxième édition. Prix : 2 fr. 50 cent.

RÉFLEXIONS

SUR

LE DERNIER OUVRAGE

DE M. LE VICOMTE

DE CHATEAUBRIAND,

INTITULÉ : DU SYSTÈME POLITIQUE SUIVI PAR
LE MINISTÈRE ;

PAR LES AUTEURS DES ANNALES HISTORIQUES DES
SESSIONS DU CORPS LÉGISLATIF.

A PARIS,

CHEZ L'AUTEUR, RUE DE GRENELLE-St-GERMAIN, N° 64.

CHEZ { ALEXIS AYMERY, rue Mazarine ;
DELAUNAI, } au Palais-Royal ;
PELICIER, }

1818.

A PARIS, DE L'IMPRIMERIE DE LEBÉGUE,

RUE DÉS RATS, N° 14.

RÉFLEXIONS

SUR

LE DERNIER OUVRAGE

DE M. LE VICOMTE

DE CHATEAUBRIAND,

INTITULÉ : DU SYSTÈME POLITIQUE SUIVI PAR LE MINISTÈRE.

—————~~~~~~~~~~~~—————

Ce nouvel ouvrage de M. le vicomte *de Chateaubriand* est entièrement dirigé contre les Ministres. Comme il contient quelques faits que nous avions mis en doute, nous croyons devoir en dire un mot. Nous ne nous attacherons que faiblement à défendre les Ministres ; ils n'en ont pas besoin : la confiance que le Roi leur accorde est, pour eux, la défense la plus péremptoire.

Un discours d'un Ministre, prononcé à la Chambre des députés, semble être le principal moteur qui vient de faire reprendre la plume à M. le vicomte *de Châteaubriand*; il prétend que ce discours était une attaque dirigée particulièrement contre M. *de Villèle*. Nous ne discuterons point, en ce moment, si c'était une attaque ou une défense : ce sera dans notre quatrième volume des *Annales historiques des sessions du Corps Législatif* que nous donnerons le narré exact de la discussion sur la liberté de la presse; discussion remarquable, où le ministère a eu en opposition *amis* et *ennemis*.

Il nous avait paru étonnant que l'on répétât, dans divers écrits, une assertion démentie à la tribune de la Chambre des députés, et démentie d'une manière aussi formelle qu'elle l'avait été par un Ministre du Roi.

M. le vicomte de *Châteaubriand* disait * : les élections se sont faites, dans plusieurs provinces, aux cris d'*à bas les prêtres! à bas les nobles!*

M. *Fiévée* ** dit : on allait, l'année précé-

---

* Page 24 de la *Proposition à la Chambre des pairs.*

** Page 16 de la huitième partie de sa *Correspondance politique et administrative.*

dente, aux élections, en criant *à bas les prêtres ! à bas les nobles !* M. le vicomte *de Châteaubriand* généralise moins cette assertion dans son dernier ouvrage, puisqu'il soutient seulement que ces cris ne s'étaient fait entendre que dans quelques endroits.

Pour appuyer son dire, il cite le passage ci-après, extrait du mémoire de M. *de Curzay :* « Un Ministre a dit à la Chambre des députés « qu'il n'avait point eu connaissance qu'on « eût exprimé dans les colléges électoraux de « 1816, ce vœu : *nous ne voulons point de* « *nobles.* Avait-il donc oublié mon rapport « en date du 7 octobre ? »

Voilà donc les cris séditieux d'*à bas les prêtres ! à bas les nobles !* réduits à leur juste valeur, c'est-à-dire, à ce simple vœu, *nous ne voulons point de nobles;* et encore, par qui ce vœu a-t-il été prononcé ? Par quelques électeurs réunis. Cette assertion ne peut plus être douteuse; elle nous est donnée par un préfet remplacé. Pourquoi faut-il qu'un écrivain aussi célèbre que M. le vicomte *de Châteaubriand* ait cru aussi facilement les rapports d'hommes qui voyent toujours à travers le *prisme* de leurs passions ? Voilà comme souvent, avec les intentions les plus pures, on est trompé, et on trompe la nation. Combien une assertion hasardée et dangereuse prend de la force, surtout lorsqu'elle a passé par une bouche qui a su inspirer de la confiance par son dévouement, à une époque affreusement mémorable pour la France.

C'est d'un rapport fait au Roi, à cette époque, que M. le vicomte *de Châteaubriand* argue pour vouloir nous prouver que ce n'est pas par esprit de parti que les royalistes combattent pour la *Charte* et pour la *liberté de la presse.* Il soutient d'abord que leur persévérance dans leurs opinions à cet égard détruit toutes les insinuations de la calomnie; mais, pour trancher la question, d'après un argument qui lui paraît sans réplique, il cite son rapport sur la situation de la France, fait au Roi, dans son conseil, à Gand. (M. le vicomte *de Châteaubriand* parle comme si, à lui seul, il représentait tous les royalistes.)

Nous doutons difficilement de la pureté des intentions; nous croyons de bonne foi ce qu'on nous dit; mais que M. *de Châteaubriand* nous permette de lui représenter que son rapport ne nous prouve rien, si ce n'est qu'il était fait à un Roi qui avait donné la Charte, qui en voulait l'entière exécution, qui voulait une sage liberté de la presse, qui la veut encore, qui la propose dans ses projets de loi ; mais qui croit que les circonstances ne lui permettent pas de donner l'essor à ces feuilles périodiques qui n'attendaient que le moment pour paraître et se signaler. Nous sommes loin de vouloir parler de celles existantes * ; nous croyons bien qu'il y aurait parmi elles une controverse nécessaire sous un gouvernement constitutionnel ; mais peuvent-elles nous garantir du résultat funeste de celles qui auraient paru ?

A aucune époque plus mémorable que celle qui a suivi le 20 mars, il était nécessaire à un Ministre du Roi de convaincre la France et l'Europe, non-seulement de la pureté des

---

* Nous pouvons affirmer que nous avons entendu dire à plusieurs rédacteurs des feuilles existantes, que, pour leur intérêt particulier, ils désireraient une liberté illimitée des journaux ; mais que dans leur conscience, ils étaient forcés d'avouer qu'ils la regarderaient comme dangereuse dans ce moment. Dans sa loyale franchise, M. de Villèle a été obligé de convenir qu'il fallait accorder le temps au Gouvernement de présenter une loi particulière de répression qui pût contenir les journaux dans de justes bornes.

intentions de son maître, mais encore de celles
de ses fidèles serviteurs.

Ce rapport est, à nos yeux, le résultat d'une
politique profonde, dont l'auteur n'avait
qu'une seule pensée, celle de corroborer de
toutes ses forces la noblesse des sentimens pa-
ternels qui animaient son souverain légitime,
sentimens que la nation a toujours accordés
à ce Monarque législateur.

Le tableau d'un vrai ami de la légitimité y
est buriné avec ce talent que l'on reconnaît à
son auteur. Plus les traits y sont frappans,
plus il paraîtra étonnant aux plus zélés dé-
fenseurs de la légitimité, qui marchent franchement avec le gouvernement du Roi; plus,
disons-nous, ils seront étonnés, même effrayés
de voir le *royaliste de Gand* voter avec des
hommes qui semblent ne pas vouloir recon-
naître cette *légitimité*, seule garantie de notre
bonheur social, et auxquels ce mot paraît inspirer de l'horreur; qui, lorsqu'ils sont forcés
d'invoquer l'autorité du *Roi*, ne le font
qu'avec un embarras qui décèle la peine se-
crète qu'ils en éprouvent; ils le désignent sous
la dénomination de chef du gouvernement
actuel; ils assimilent ainsi presque le *Roi légitime* à l'usurpateur; car, en parlant quel-

quefois de ce dernier, ils l'appellent le chef
du dernier gouvernement. Ils sont en bien
petit nombre, mais enfin il en existe : nous
les démasquerons dans le prochain volume de
nos *Annales historiques des sessions*, et
nous y prouverons que leurs discours sont de
nature à ce qu'ils puissent se prévaloir de leur
tactique astucieuse devant tout gouvernement
qui pourrait survenir.

Entendons à ce sujet M. le vicomte *de
Chdteaubriand* s'expliquer ; il dit : « *bonne
« foi* et *talent*, voilà ce qu'il faut maintenant
« pour nous conduire ; et la bonne foi et le
« talent ne sont point le partage exclusif
« d'une classe d'hommes. Les royalistes ne re-
« poussent que la lâcheté et le crime ; ils ne
« sont point ennemis des opinions. Quant à
« lui, il pense qu'on peut rencontrer des amis
« sincères de la monarchie constitutionnelle
« jusque dans les rangs des anciens partisans
« de la république (lorsqu'ils n'ont pas com-
« mis de crimes). *Parmi ces hommes dont
« les premières erreurs ont eu un fond de
« noblesse*, il croit encore que *les enfans
« de nos victoires récentes sont désormais
« disposés à se joindre aux vieux soldats de
« notre antique gloire*. Aimer l'honneur c'est

« déjà aimer le Roi. Mais défions-nous de ces
« suppôts de la tyrannie, prêts à servir comme
« à trahir tous les maîtres ; qui, toujours atten-
« dant l'événement, en ont toujours profité ;
« esclaves que rien ne peut rendre libres, et
« dont la Charte n'a fait que des affranchis. »

Nous applaudissons à ce passage de l'ouvrage de M. le vicomte *de Châteaubriand*,
d'une manière d'autant plus spéciale, que,
dans notre réunion, nous avons donné la
preuve que l'homme le plus royaliste, qui
n'a jamais dévié, peut rencontrer dans un
républicain un être estimable, qui, aujour-
d'hui, est dévoué au Roi et à la légitimité ;
mais nous demandons une profession de foi
franche et loyale ; nous la voulons ! Qu'ils
nous permettent, sans cela, de douter de leur
bonne foi. Nous nous sommes déjà prononcés
à cet égard, et nous ne cesserons de le faire.

Dans ce même passage, M. *de Châteaubriand* assure voir avec plaisir *les enfans de
nos victoires récentes disposés à se joindre
aux vieux soldats de notre antique gloire.*
Nous lui demanderons, pour lors, quels re-
proches fondés il peut faire au ministère ; ce
qu'il voit avec plaisir, le Gouvernement l'ef-
fectue. On voit partout les grands noms de

ceux qui, soit dans la carrière des armes, ou dans la magistrature, ont illustré la monarchie française. A côté d'eux on trouve ces plébéiens qui se sont distingués de nos jours, soit par des vertus stoïques, soit en prouvant sur le champ de bataille ce que peut la valeur française.

M. le vicomte de *Châteaubriand* nous présente les royalistes devenus les partisans les plus vrais des principes libéraux. Pourtant le mode de *jury*, proposé par un d'eux dans la discussion sur la liberté de la presse, nous a semblé comporter une aristocratie judiciaire, bien éloignée de la démocratie que veulent les libéraux. S'il veut nous permettre de lui dire ce que nous avons jugé de cette discussion, c'est que les nouveaux libéraux parlaient une langue qui ne leur est pas familière; ils nous ont paru aussi embarrassés qu'étonnés de se voir secondés et appuyés par quelques hommes qui siégaient du côté opposé; et, malgré les leçons de l'astucieux personnage qui a su opérer cette réunion extraordinaire, ceux qui même espéraient en profiter ne pouvaient la concevoir.

M. *de Châteaubriand* nous a fait apercevoir que l'ordonnance du 13 juillet 1815 était basée sur les principes qu'il avait émis dans son rapport à Gand. Cet aveu est un trait de lumière. Que l'on se rappelle l'interprétation donnée à chacun des articles qui pouvaient, par cette ordonnance, être revisés, et l'on verra qui a dicté la marche à tenir en 1815, marche qui fut si bien suivie par la majorité de la Chambre des députés. On ne pouvait encore prendre l'initiative de la loi ; mais les amendemens étaient un empiétement manifeste, à l'aide duquel on était parvenu à changer entièrement les projets de loi. L'écrit de la *Monarchie selon la Charte* s'éclaircit aussi. Il fallait appuyer son ouvrage, en développer les principes. Nous avouons que, jusqu'à ce jour, nous avions cru que l'ordonnance du 13 juillet 1815 avait été projetée dans un autre lieu qu'à Gand ; nous la croyions l'ouvrage de ceux qui avaient été assez faibles pour proposer de prendre la cocarde aux prétendues couleurs françaises.

On a reproché au ministère actuel d'avoir marché continuellement, en faisant des concessions au parti révolutionnaire ; on ne peut au moins lui reprocher de n'avoir pas conservé à la couronne son plus beau droit, celui *de l'initiative de la loi*, celui qui seul peut arrêter l'essor des propositions les plus dangereuses. On peut encore affirmer que le ministère, et ceux qui marchent avec lui, ont fait tout ce qu'ils ont pu pour conserver à la couronne toutes les prérogatives que lui donne la Charte, tandis que les opposans, en supposant continuellement que les Ministres tendent au pouvoir absolu, minent, sans s'en apercevoir, le pouvoir royal *.

Les Ministres tendent au *pouvoir absolu*; le *despotisme ministériel* s'établit, disent MM. *de Châteaubriand* et *Fiévée*. Ce dernier leur reproche d'y marcher à l'aide des ordonnances.

Quant à M. le vicomte *de Châteaubriand*, il leur fait le reproche inverse; c'est celui

---

* Nous nous proposons, dans le quatrième volume de nos Annales, de traiter du pouvoir royal dans ses rapports avec les deux Chambres; de plus, nous établirons quels sont les droits des mêmes Chambres. Nous croyons que cela est nécessaire pour déterminer les choix des électeurs. Il est facile de voir que les députés des départemens sont souvent dans l'erreur à cet égard; et les vrais amis de la monarchie constitutionnelle doivent être épouvantés de l'empiétement que l'on voudrait prendre insensiblement sur le pouvoir royal.

d'avoir introduit, dans la loi sur le recrutement de l'armée, un mode d'avancement qui aurait pu être réglé par une ordonnance. A-t-il oublié que ce mode existait dans l'armée française, avant la révolution, au moins dans l'infanterie ; à l'exception que le tiers des sous-lieutenans n'était pas forcément pris parmi les sous-officiers ; mais la composition des sous-officiers était différente de ce qu'elle sera d'après le mode de recrutement. Il existait pourtant peu de régimens d'infanterie où il n'y eût au moins sept ou huit officiers que l'on appelait *officiers de fortune,* et qui avaient passé par tous les grades militaires, qui avaient même commencé par être soldats.

Nous n'avons pas pris la plume pour discuter ce projet de loi ; nous croyons qu'en raisonnant, même d'après la Charte, une ordonnance aurait pu suffire pour établir le mode d'avancement. Si nous en parlons, c'est pour faire voir la singulière route que prend le ministère pour arriver au pouvoir absolu. La force armée est le plus puissant levier pour atteindre ce but, et il enchaîne, par une loi, ce véhicule puissant qui était à sa disposition.

M. le vicomte *de Chateaubriand,* oubliant

le vrai sens de la Charte, et voulant continuellement l'interpréter à sa manière, c'est-
à-dire, d'après son ouvrage de la *Monarchie
selon la Charte*, nous dit que le Ministère
*n'est pas bien pénétré des doctrines du gou-
nement constitutionnel.*

Il dit ensuite : « Lorsque la restauration est
« venue nous sauver, par un mouvement na-
« turel, on s'est reporté au commencement
« de nos troubles ; et les vingt-cinq années de
« nos malheurs s'évanouissant comme un
« mauvais songe, on a repris la monarchie là
« où on l'avait laissée. Cependant, les choses
« n'étaient plus les mêmes : le Roi, dans sa
« magnanimité, nous avait donné une Charte ;
« avec cette Charte, nos devoirs avaient
« changé ; mais les hommes appelés au pou-
« voir virent que le rétablissement du trône
« avait réveillé dans nos cœurs cet amour
« inné des Français pour les enfans de Saint-
« Louis. Ils se hâtèrent de profiter de ce sen-
« timent pour échapper aux entraves de la
« Charte. Au lieu de rester à leur poste, de-
« vant *le Roi*, ils passèrent derrière, afin de
« couvrir la responsabilité du Ministère, de
« l'inviolabilité du Monarque. Ainsi retran-
« chés, ils se flattèrent de conduire la mo-

2

« narchie nouvelle avec les maximes de l'an-
« cienne monarchie : de là ce combat qui s'est
« engagé entre le Ministère et les Chambres,
« le Ministère s'exprimant d'un ton absolu,
« s'efforçant d'emporter tout de haute lutte,
« au nom sacré du Roi, les Chambres récla-
« mant la liberté de leurs opinions, et vou-
« lant renfermer le Ministère dans les prin-
« cipes. »

Comment un penseur profond, un habile
politique a-t-il pu tracer ces lignes ! D'après
son système, nos doctrines du gouvernement
constitutionnel reposent sur la Charte : ou-
vrons-la, et jugeons.

L'art. XIII est conçu en ces termes : « La
« personne du Roi est *inviolable* et *sacrée*.
« Au Roi seul appartient la puissance exé-
« cutive. »

Personne, plus que nous, n'est persuadé
que l'axiôme *le Roi ne peut faire mal*, est
l'article le plus essentiel de notre Charte, et
que toute la responsabilité doit peser sur les
Ministres ; mais de quoi sont-ils responsables ?
L'art. LVI de la Charte répond : Ils le sont
pour faits de *concussion* et de *trahison*. Que
l'on détermine par une loi la nature de ces
délits ; c'est absolument nécessaire pour fixer

ce que sont les Ministres du Roi , et jusqu'où peut s'étendre leur responsabilité. En Angleterre, où les publicistes puisent sans cesse leurs modèles, la trahison ministérielle est le crime de *lèze - majesté*, et *toute autre entreprise contre les lois de la patrie.* La concussion ne demande pas d'explication; ainsi nous croyons cette loi facile à faire.

A présent, voyons comment agissent les Ministres, pour *couvrir leur responsabilité de l'inviolabilité du Monarque, et pour emporter tout de haute lutte , au nom sacré du Roi.* Ils invoquent ce nom dans la discussion.

Ouvrons encore la Charte, et voyons ce qu'elle dit. L'art. XVI est clair ; il dit : *le Roi propose la loi.* Ne pouvant le faire lui-même, il charge spécialement ses Ministres ou ses Conseillers-d'État d'en soutenir la discussion. Ils parlent en son nom, et l'on ne voudrait pas qu'ils l'invoquent, qu'ils s'en appuient ! Nous dirons franchement que nous ne pouvons concevoir un semblable paradoxe. On sait qu'il est difficile à soutenir : aussi raisonne-t-on continuellement, comme si la proposition de la loi n'émanait pas du Roi, que les projets de loi ne soient point discutés dans le conseil du Roi, adoptés et signés par lui, que l'on en supprime les préambules : pour lors les Ministres pourront être répréhensibles d'invoquer, dans la discussion, le nom du Monarque.

La Charte donne aux Ministres le droit de s'immiscer dans les discussions des Chambres ; les Conseillers-d'Etat ne peuvent y paraître que d'après les ordres du Roi ; et on voudrait qu'ils ne pussent invoquer son nom ! Pour nous, qui ne raisonnons qu'avec le simple bon sens, pour nous, qui sommes royalistes sans restrictions, qui ne voyons dans nos amis que ceux qui reconnaissent franchement que, sur la légitimité, reposent les destinées futures de la France ; enfin, qui pouvons nous dire, sans ambition, nous ne torturons point la Charte pour y trouver ce qui n'y existe pas, nous la voyons telle qu'elle est, nous ne cherchons point dans d'autres constitutions pour raisonner ; nous ouvrons la nôtre, et nous y voyons ce qui y existe véritablement. Ecrivains qui possédez de la célébrité, joignez à vos talens de la franchise, vous raisonnerez comme nous.

M. le vicomte *de Châteaubriand* dit : « Tan« tôt on confond le ministère avec le trône ; « on soutient qu'attaquer le premier, c'est

« attaquer le second; tantôt, pour un autre
« motif, on en fait une puissance séparée;
« on parle des principes qui *lient le minis-*
« *tère au Roi, et le Roi au ministère.* »

Nous savons que quelques écrivains, et
nous-mêmes, nous avons souvent demandé
si, en attaquant continuellement le système adopté par le gouvernement du Roi,
on ne craignait pas d'en affaiblir la force; de
plus, nous avons vu que toutes ces attaques,
qui n'avaient en général qu'un but, celui de
renverser le Ministère, donnaient de la force
au parti qui, sous le nom spécieux de l'*indé-*
pendance, tend à une indépendance qui
pourrait être funeste au trône et à la monarchie.

M. le vicomte *de Châteaubriant* nous per-
mettra de lui reprocher de faire tenir son
langage à ses adversaires, en disant qu'ils font
des Ministres une *puissance séparée du pou-*
voir royal; toujours ils en ont fait les agens
de ce pouvoir. Ils ne leur ont jamais dévolu
d'autre puissance que celle qui émane de la
volonté du souverain; et nous les estimons
trop pour penser qu'ils en voudraient une
autre. Aussi, nous adoptons les principes qui
lient le ministère au Roi; mais non ceux qui

lient le Roi au ministère ; nous avouerons
que notre sagacité ne va pas jusqu'à concevoir
ce qu'a voulu faire entendre, par ce syllo-
gisme, M. le vicomte *de Châteaubriand,* à
moins qu'il n'ait voulu persuader que le Roi
ne pouvait s'affranchir du pouvoir ministériel. Nous avons une toute autre idée de la
puissance royale (même en raisonnant avec
la Charte) : nous voyons cette puissance,
armée de toute sa force, écrasant d'un seul
mot le prétendu colosse ministériel, s'il était
possible que, s'oubliant, il voulût jouer le
rôle des anciens Maires du Palais.

« On perpétue, dit M. le vicomte *de Châ-*
« *teaubriand,* les lois d'exception qui perpé-
« tuent le Ministère de la police générale,
« tribunal d'inquisition politique, qui, dans
« un moment de crise, a pu avoir son utilité,
« mais dont l'existence est définitivement in-
« compatible avec un gouvernement consti-
« tutionnel.

Dans un moment, on nous fait entrevoir
un danger imminent ; on signale une faction
révolutionnaire, dont tous les efforts tendent
à la destruction du trône ★ ; on reconnaît l'uti-

★ Lisez l'ouvrage *De la Monarchie selon la Charte.*

lité du Ministère de la police dans un moment de crise, et on en trouve l'existence incompatible avec le gouvernement constitutionnel !

Quoi ! ce qui est utile dans un moment de crise, est incompatible avec notre forme de gouvernement ! On est donc bien certain que nous n'aurons plus de crise à redouter ! Nous croyons qu'il est possible qu'il y en ait peu par la suite ; mais, pour empêcher ce malheur, il faut une autorité surveillante, active, qui ne perde jamais de vue les factieux ; il faut qu'elle parte d'un *point central*, et non qu'elle soit partagée entre tous les Ministères ; et un Ministre seul, chargé de cette partie, ne sera pas le moins utile pour l'intérêt et la sûreté du trône. Que l'on confie cette surveillance à un Ministre de la police, ou à un Ministre de la maison du Roi etc. ; mais qu'elle ne soit jamais dans plusieurs mains : voilà où doivent tendre les vues de tout ami de la légitimité et de la tranquillité.

Dans le moment où nous traçons ces lignes, on nous apporte *la Neuvième partie de la Correspondance politique ;* quoique nous ne nous mettions pas du nombre des six profonds penseurs qui peuvent, en France, comprendre son auteur, et que les écrits de ce *conseiller* *des Souverains* nous soient souvent incompréhensibles, nous l'avons parcouru d'autant plus promptement, que cet ouvrage était annoncé comme devant être plus fort que tout ce qui est sorti de la plume de ce nouveau *Junius* * : nous y avons vu une critique amère des actes et des discours des Ministres en général, et particulièrement de ceux du Ministre de la police, ministère dont il ne veut plus ; il en confie les attributions aux autres Ministres.

« Chaque Ministre, dit M. *Fiévée*, doit
« avoir la police des hommes qu'il administre
« spécialement ; et cela est si naturel, que
« cela a toujours été : ainsi, le Ministre de
« l'intérieur a la police la plus générale,
« parce que son ministère touche à un plus

---

* La veille du jour où la neuvième partie de la *Correspondance politique* a paru, des émissaires, intéressés à la vente de cet ouvrage, parcouraient les boutiques de librairie du Palais-Royal, en l'annonçant pour le lendemain ; et ajoutaient : « Il sera plus fort que tout ce qui est sorti jusqu'à ce jour de la plume de son auteur. » Cela se répétait par les libraires, et faisait presque *écho* dans les galeries de bois du Palais-Royal.

« grand nombre d'intérêts, et se compose par
« conséquent d'un plus grand nombre d'a-
« gens.

« Le Ministre de la guerre a naturellement
« la police des hommes de guerre ; et les agens
« non plus ne lui manquent. »

« Le Ministre de la justice a, de fait, la
« meilleure de toutes les polices, puisqu'elle
« s'unit à l'exécution des lois. »

M. *Fiévée* ajoute qu'il peut en dire autant
des Ministères des finances et de la marine ;
et, selon lui, le Ministre des affaires étran-
gères n'a pas de fonctions plus importantes
que la police de l'Etat, dans ses relations ex-
térieures.

Nous avouerons que nous ne comprenons
pas bien clairement ce que cet auteur a voulu
dire par cette dernière assertion ; mais, ce
n'est pas sa faute ; c'est la nôtre : pourquoi
ne sommes-nous pas du nombre des *six*
hommes, en France, et des *vingt*, en Europe,
qui ont le bonheur de concevoir ce génie su-
blime ?

Pourtant, M. *Fiévée* est forcé de convenir
qu'il faut une unité en police, c'est-à-dire, un
point central qui dirige tout ; mais cette unité
existe, selon lui, deux fois : la première,

dans le *trône ;* la seconde, dans la *présidence du ministère.* Il demande pourquoi on conservera un Ministère de la police?

Nous lui répondrons que nous pensons que la multiplicité des détails d'une police qui surveille les plus grands intérêts, ceux de la tranquillité du trône et des peuples, doit avoir un *point central*, qui ne soit pas aussi élevé que le *trône*, et qui ait moins d'occupation que le président du Ministère.

MM. *de Chateaubriand* et *Fiévée* semblent appeler la délibération des Chambres, et surtout l'attention de la commission du budjet, sur la question de savoir si un Ministère de la police est nécessaire, et s'il est compatible avec un gouvernement constitutionnel. Nous ne concevons pas où on veut nous conduire avec le régime des Chambres. Dans un moment, on veut leur donner la proposition de la loi. Les mêmes hommes vont plus loin, ils donnent à la commission du budjet une sorte de surveillance qui la rendrait insensiblement plus puissante que le Gouvernement. Elle pourrait s'immiscer peu à peu dans son action, et en diminuer considérablement la force, en refusant une partie de la quotité du budjet, sous le spécieux

prétexte qu'elle considère telle ou telle dé-
pense comme inutile, et pouvant être sup-
primée. De suppressions en suppressions, on
paralysera tout à fait la puissance royale ; elle
se reportera insensiblement dans les Chambres, et ce sont des écrivains se disant royalistes, et s'établissant eux seuls les organes de
tout le parti *, qui font de semblables propositions. Nous ne retrouvons plus dans l'un
d'eux le *Chateaubriand* de 1814. Nous lui
croyons d'aussi bonnes intentions ; mais ses
idées sur le mode de gouvernement nous
semblent bien différentes.

M. *Fiévée*, dans la neuvième partie de sa
Correspondance, nous fait connaître dans la

---

* On se récrie avec force sur ce qu'on qualifie de
parti l'ensemble de ceux qui se disent *royalistes*. Nous
savons qu'ils devraient avoir un intérêt commun avec
le Monarque ; mais aussi nous pensons que l'on appèle
en général *parti*, une réunion d'hommes continuellement en opposition au système de gouvernement adopté
par le Souverain. Sous ce rapport, les écrivains que
nous combattons décideront sous quelle qualification on
doit les placer. Une chose plus extraordinaire est d'entendre qualifier de parti ministériel, la réunion de
ceux qui suivent et corroborent de tous leurs moyens
le gouvernement du Roi.

Chambre des députés un quatrième *parti*, qu'il appelle le *parti politique*. Il nous le présente comme un monstre *amphibie* qui finirait par tout conduire, donnant à volonté la majorité soit au gouvernement, soit à l'opposition.

Nous ne nous déterminerons point encore sur l'aspect qu'a offert la Chambre des députés, en jugeant ce qui est arrivé dans une seule discussion : ce sera à la fin de la session que nous nous expliquerons. Nous pensons que les partis prennent de la force par l'importance qu'on leur donne ; on les crée presque sans s'en douter. On a détruit l'indépendance des opinions en comparant notre Ministère à celui d'un pays voisin, et en soutenant continuellement qu'il fallait qu'il se créât une majorité dans la Chambre des députés. Si cette majorité est, comme en 1815, en opposition avec celle de la Chambre des pairs, quelle sera la position de l'autorité royale ? A laquelle des deux majorités donnera-t-elle la priorité pour se fixer sur le choix de ses agens ?

Nous soutenons qu'en dénaturant l'esprit vrai de la Charte, on a créé les partis, et ôté l'indépendance des opinions. La preuve en est sans réplique, parce que souvent l'on ne vote plus d'après sa conviction particulière , mais bien d'après celle des ambitieux qui sont parvenus à se former un parti qu'ils dirigent non dans l'intérêt de l'État, mais pour le leur particulier, dans l'espoir d'amener un changement qui leur donnerait une part active dans l'administration ✱. Une partie des membres de la Chambre des députés qui, comme nous, veut son Roi légitime, le voulant sans *arrière-pensées* , nous semble cependant suivre un système qui tend à détruire insensiblement le pouvoir royal. Nous sommes certains que ce n'est pas son intention ; mais nous ne cesserons de lui répéter qu'en ne croyant être en opposition qu'avec le Ministère elle y est véritablement avec le Roi ; que le Ministère n'est rien autre chose que

---

✱ Certains salons s'étaient meublés depuis le commencement de la session. Les *protées politiques* s'y étaient portés en foule pour adorer ce qu'ils croyaient être le *soleil levant*. Déjà, on entendait dire, si MM. tels ou tels sont ministres, j'aurai une place. On promettait sa protection ; tout s'est dissipé comme une fumée. L'on fondait tout cet espoir sur les cabales qui auraient ôté, disait-on, la majorité aux Ministres actuels.

le premier agent du pouvoir royal. Nous raisonnons avec la Charte : qu'on la revise, si l'on veut raisonner différemment.

On se récrie souvent contre les lois existantes, particulièrement contre celle des élections : elle est devenue, pour les antagonistes du Ministère, une arme tranchante, dont ils se servent pour le calomnier. Nous affirmons qu'on va jusqu'à présenter un résultat inexact du premier essai qu'on en a fait, et que celui que nous en avons donné est le seul vrai. Mais quelle est la raison qui a amené dans quelques départemens un résultat peu satisfaisant pour les vrais amis de la monarchie légitime? On doit l'attribuer à *l'insouciance* ou à la *malveillance* qui ne croit porter des coups qu'au Ministère; mais qui les porte, en effet, à la Royauté. Par exemple, à Paris, si tous les électeurs royalistes se fussent réunis à la voix du monarque, les choix n'auraient pas été douteux; ainsi, accusons des mauvais choix, s'il y en a eu, le système de dénigration continuelle suivi avec une espèce d'acharnement contre le Ministère. Ce faux système a détruit *

_____

* M. le marquis de Courtarvel vient de nous ci-

l'influence directe que le gouvernement a sur les élections; celle de désigner des candidats en nommant les présidens et vice-présidens des colléges électoraux. On s'est persuadé que ceux nommés n'étaient pas du choix du souverain, quoiqu'il eût signé l'ordonnance. Que l'on a fait de mal à la monarchie sans le vouloir!

On prétend que l'opposition dirigée contre tous les plans du gouvernement n'en a point entravé la marche, ou n'a point fait de mal. Que l'on se rappelle le projet de loi sur les élections qui fut présenté au *nom du Roi,* en 1815 : il était le résultat du système que le Gouvernement avait résolu de suivre. Si ce projet de loi avait été adopté par la Chambre des députés, les élections

---

ter l'opinion de Louis XIV. Il nous a dit que ce monarque assurait que l'art de bien régner consistait à faire de bons choix. Nous demandons à ceux qui blâment continuellement les choix faits par le Roi, qui dénigrent ceux qui sont investis de sa confiance..... Nous leur demandons s'ils croyent faire l'éloge du Monarque qui nous gouverne, et si, indirectement, ils ne minent pas son pouvoir et ne lui retirent pas la confiance que le peuple a mise dans sa sagesse.

étaient confiées en partie à des hommes qui
auraient eu une influence réelle, celle que
donnent toujours la moralité et la vertu. Les
archevêques et *évêques*, les ministres de
tous les cultes, les *présidens* et *procureurs-
généraux* de toutes les cours, un certain
nombre des plus riches propriétaires, des
plus riches négocians, etc.; tels sont les hommes qui, par ce projet de loi, auraient eu
une influence certaine sur les élections. Il
fut rejeté. Pourquoi ? Par la seule raison
qu'il fallait changer ce qui avait été proposé
par le Gouvernement.... Aujourd'hui on la
regrette. Puisse cette opposition opiniâtre ne
pas causer de plus grands regrets à ceux
même qui en sont les chefs !

Un orateur, qui n'est pas celui qui, depuis 1815, a montré le moins d'acharnement
contre le Ministère, particulièrement contre
celui de la police, a reproché au secrétaire
d'État qui en a le porte-feuille, d'avoir laissé
circuler plusieurs ouvrages.

Un de ces ouvrages avait été réimprimé à
une époque où le Roi était hors de France;
ayant été remis en vente, il y a quelques
mois, en avait été, nous a-t-on dit, retiré
par les soins du Ministre attaqué, qui avait

fait acheter ce qui restait de l'édition, lorsqu'il avait su que l'ouvrage était de nouveau en circulation. *

Un autre de ces ouvrages était celui qui a pour titre : le *Paysan* et le *Gentilhomme*. Nous l'avons parcouru. Nous le blâmons, par la raison que l'auteur ne peut avoir eu pour but que de réveiller d'anciens souvenirs et de fomenter d'anciennes haines ; qu'il était d'ailleurs dirigé contre une caste qui a produit les *Turenne*, les *Sully*, les *Colbert*, les *Malesherbes*, etc. Nous ne croyons pourtant pas que cet ouvrage pût être dénoncé aux tribunaux ; il y aurait eu même à le faire une espèce de danger sans résultat avantageux, celui de lui donner trop de célébrité. Le même danger existait à laisser les journaux établir entre eux une lutte au sujet de ce *pamphlet :* le Ministre qui a empêché cette lutte a fait un acte de sagesse. Quel a été le résultat de l'espèce de dénon-

---

* Ce fait nous a été attesté par des libraires du Palais-Royal que nous avions chargés de nous le procurer. Ce fut l'orateur dont nous parlons qui nous avait fait connaître l'existence de cet ouvrage.

3

ciation qui a été faite à ce sujet ? C'est que ce pamplet a été remis en vente le soir même qu'elle a été entendue à la Chambre des députés, et qu'il a reparu depuis cette époque sur les étalages des magasins de librairie du Palais-Royal.

« Si nous avions joui de l'avantage que vous avez, celui de faire vendre dans un jour plus de vos ouvrages, qu'il ne se distribue de journaux dans le Royaume ; si nous avions le talent que la nature vous a départi, nous l'aurions employé à venger la caste outragée dans le *Paysan* et le *Gentilhomme*. Nous aurions retracé les vertus de ces anciens propriétaires de terres, qui se faisaient chérir, adorer et respecter de tout ce qui les entourait ; enfin, étant plutôt les pères et les amis de leurs vassaux que leurs seigneurs. Un ouvrage semblable sorti de votre plume éloquente aurait été le *contre-poison* le plus actif ; il aurait paralysé le mal, au lieu qu'une discussion dans les journaux aurait produit l'effet d'un baril de poudre jeté dans les flammes pour les éteindre.

Il y a près d'un demi-siècle qu'un homme, dont vous, écrivains politiques, suivez les traces, dirigea le talent qu'il avait contre le

ministère Anglais, et, sous le nom supposé
de *Junius*, étonna l'Europe par la force et
la multiplicité de ses attaques.

Ses *Philippiques*, qui d'abord avaient paru
dans les journaux anglais, ont été réunies
dans un ouvrage qui ne vous est pas étran-
ger. En parlant de lord *North*, ce *Junius*
le présente comme accusé sans cesse d'une
ignorance absolue; parle de *ses ridicules
motions, ridiculement retirées; de ses projets d'abord arrêtés, puis abandonnés; de
ses discours oratoires préparés pendant une
semaine et ne produisant aucun effet*, etc.
Ce même *Junius* après avoir présenté les
fautes qu'il croit pouvoir reprocher à ce
ministre, à l'égard des colonies anglaises, est
forcé de convenir que l'opposition des lords
Chatam et *Campden*, qui furent, par leurs
sentimens opposés, les patrons de l'Amérique,
donnèrent du *nerf* et de *l'énergie aux colonies; et en ne voulant peut-être l'un et
l'autre que ruiner un Ministre, ils divisè-
rent l'Angleterre en deux partis.*

Quelles réflexions auraient dû vous suggérer
ce passage qui se trouve dans les lettres de
Junius; ouvrage que nous répétons ne pouvoir vous être inconnu; car on en retrouve

dans les vôtres non-seulement les principes,
mais encore des lambeaux entiers.

Après cette dernière observation, que nous
présentons avec franchise à M. le vicomte de
Châteaubriand et à ses honorables amis,
nous leur dirons que nous n'accusons point
leurs intentions, mais nous les conjurons de
réfléchir sérieusement sur le caractère que
prend le système d'opposition qu'ils ont adopté, système qui pourrait avoir des suites plus
terribles pour la couronne et pour la légitimité,
que celui qui fut suivi par les lords *Chatham*
et *Campden* n'en eut pour l'Angleterre *.

* Au 20 mars, époque que nous a rappelé M. le
vicomte de *Châteaubriand*, un Ministre de sa Majesté
(M. le comte de *Blacas*), fidèle sujet de son Roi, un
de ses plus dévoués serviteurs, fut livré au peuple
comme une *holocauste* qui était cause de tous les
maux de la France. Les *royalistes* se disant *purs*,
se montrèrent aussi à cette époque ses ennemis les
plus acharnés : ils ne furent retenus par aucuns liens,
même par ceux de la reconnaissance; suivant leur
système, ils croyaient certainement, par les calomnies
sans nombre qu'ils dirigeaient contre ce Ministre,
détourner de dessus une tête auguste d'autres calomnies plus atroces que les ennemis du trône lançaient
contre elle : *cela produisit un effet contraire.*

Nous terminons cette tâche, d'autant plus pénible pour nous, que nous avons été forcés de combattre un écrivain dont nous admirons les talens, et dont le dévouement pour son Roi a été connu de la France entière. Nous le prions de ne voir en nous que deux Français aussi dévoués que lui à la monarchie légitime, au Souverain, et à la *Charte*, et dont le système soutenu est la suite de l'impulsion qui leur a été donnée par le Monarque lui-même et de la confiance qu'ils ont dans sa haute sagesse.

Nous prîmes à cette époque ouvertement le parti de ce Ministre, parce que nous étions persuadés de sa loyauté, de son dévoûment à son Roi, à la légitimité, et nous osons dire à la *Charte*. Nous le fîmes avec d'autant plus de zèle, que nous sommes convaincus que les attaques dirigées continuellement contre le Ministère, rejaillissent sur le trône. Que l'on relise la note, pages 30 et 31.